Le gardien masqué

Mike Leonetti

Illustrations de Shayne Letain

Texte français de Louise Binette

Éditions
SCHOLASTIC

Raincoast Books tient à souligner l'appui financier que lui ont accordé le gouvernement du Canada, par l'entremise
du Conseil des Arts du Canada et du Programme d'aide au développement de l'industrie de l'édition (PADIE),
et le gouvernement de la Colombie-Britannique, par l'entremise du Conseil des Arts de la Colombie-Britannique.

Conception graphique de la couverture et de l'intérieur : Teresa Bubela

Catalogage avant publication de Bibliothèque et Archives Canada

Leonetti, Mike, 1958-
[Goalie mask. Français]
Le gardien masqué / Mike Leonetti; illustrations de Shayne Letain; texte français de Louise Binette.

Traduction de : The Goalie Mask.
Pour les 4-8 ans.

ISBN 0-439-96274-9

1. Hockey--Garde des buts--Romans, nouvelles, etc. pour la jeunesse.
2. Plante, Jacques, 1929-1986--Romans, nouvelles, etc. pour la jeunesse.
3. Hockey--Gardiens de but--Romans, nouvelles, etc. pour la jeunesse.

I. Letain, Shayne II. Binette, Louise III. Titre.

PS8573.E58734G6314 2004   jC813'.54   C2004-903921-0

Remerciements

L'auteur souhaite remercier Peter Bonanno, qui lui a fourni du matériel de recherche original, de même que Maria
Leonetti, qui a aidé à la révision du texte. Les ouvrages des auteurs suivants ont été utilisés pour la recherche : Tom
Adrahtas, Tom Cohen, Jim Hunt, Douglas Hunter, Andy O'Brien, Frank Orr, Raymond Plante, Jacques Plante et Lorne
Worsley. Magazines et journaux consultés : *Hockey Illustrated*, *Hockey News*, *Hockey Pictorial*, *Sports Illustrated*, *Toronto
Star* et *New York Times*. La bande dessinée *The Man Behind the Mask* par True North Comics a également servi de
référence. Documentaire télévisuel visionné : *The Man Behind the Mask* (Great North Productions Inc. pour History
Television).

Édition publiée par les Éditions Scholastic, 175 Hillmount Road, Markham (Ontario) L6C 1Z7,
avec la permission de Raincoast Books.

5 4 3 2 1   Imprimé en Chine   04 05 06 07

Pour tous les jeunes qui décident de jouer devant le filet
et de porter un masque.

— M.L.

Pour Mary, Jim, Johnny et Hildegard.

Merci de tout cœur pour votre précieux soutien.

— S.L.

Par un samedi matin frais du mois d'octobre, mon grand-père me conduit à ma séance d'entraînement de hockey. Il fait encore noir, mais il y a déjà quelques autos sur la route. En roulant vers l'aréna, qui n'est pas très loin, j'ai l'esprit ailleurs. Je pense à quel point j'aime jouer au hockey et surtout, à quel point je suis **heureux** d'être gardien de but. Je pense aussi à mon entraîneur, M. Dumont. Nous ne sommes pas toujours d'accord sur la meilleure façon de garder les buts, et je ne sais pas quoi faire pour régler ce problème.

Grand-papa remarque que je suis perdu dans mes pensées.

— Quelque chose te **tracasse**, Marc?

— Non. Je pensais seulement à mon équipe. Merci de m'accompagner à ma séance d'entraînement, grand-papa.

J'essaie de **changer de sujet**.

Mon père a déjà été gardien de but et il était très content quand je lui ai dit que je voulais en être un aussi. Ce qui me plaît beaucoup dans le fait d'être gardien de but, c'est l'équipement spécial que je porte : les **énormes** jambières, par exemple. Le bouclier et la mitaine d'un gardien sont tellement différents des gants des autres joueurs. C'est amusant de se préparer avant la partie. J'aime bien le moment où je mets mon masque, juste avant de m'installer devant le filet. Je l'ai décoré d'autocollants vraiment cool qui portent le logo de mon équipe favorite, le **Canadien de Montréal**.

Le gardien de but est toujours au cœur de l'action et tout le monde le regarde quand il fait un arrêt important! Dès le début du match, le gardien doit tout oublier autour de lui et se concentrer seulement sur la rondelle. Je suis **prêt à tout** pour faire un arrêt, même à plonger devant le filet. Je suis un assez bon gardien et j'aime savoir que mon équipe compte sur moi. Pendant les séances d'entraînement, je m'exerce à patiner à reculons et à attraper la rondelle avec ma mitaine.

Mais il faut absolument que j'améliore ma façon de **manier la rondelle** en dehors de la zone de but. Tous les gardiens de but de la Ligue nationale peuvent arrêter la rondelle et la passer aussitôt à un coéquipier. J'ai essayé de faire la même chose, mais j'ai été **si maladroit** que M. Dumont m'a dit de rester devant le filet et de ne pas toucher du tout à la rondelle! Je trouve ça injuste. Je **sais** que je peux devenir un meilleur gardien de but si je m'entraîne encore plus et si j'apprends à mieux manier la rondelle.

Le lendemain, je demande à mon père s'il peut jouer au hockey-balle avec moi, pour m'aider à améliorer mon jeu.

— Désolé, Marc, mais je suis très occupé. J'ai promis à maman de faire des courses pour elle. Demande à grand-papa s'il veut jouer. Lui aussi a été gardien de but, tu sais!

Grand-papa vient juste d'emménager avec nous, en septembre, après la mort de grand-maman. Avant, il habitait très loin de chez nous et je le voyais seulement à Noël. Alors, je ne le connais pas très bien et j'étais loin de me douter qu'il avait déjà été gardien de but! Je cours en bas lui demander s'il veut jouer.

Je m'aperçois que, même s'il n'est pas très rapide, grand-papa a un bon tir du poignet. Et il connaît plein de choses sur l'art d'être gardien de but. Il me montre comment bloquer les angles quand un attaquant fonce vers moi et il m'explique l'importance de me relever, aussitôt que j'ai fait mon arrêt. Comme ça, je serai prêt à arrêter le prochain lancer.

Après m'être exercé avec grand-papa dans l'entrée du garage, pendant plus d'une heure, je suis épuisé et mon chandail du Canadien est tout trempé. Mais j'ai vraiment l'impression d'avoir appris de nouvelles techniques.

— Continue comme ça, Marc, et tu deviendras le futur Jacques Plante! dit mon grand-père à la blague.

Je n'ai aucune idée de qui il parle, mais je souris.

Le lendemain, après l'école, deux de mes amis viennent jouer au hockey chez moi.

Je mets les vieilles jambières de mon père et nous installons un filet. Tour à tour,

Pierre et Denis frappent la balle de tennis vers moi et je m'efforce de l'arrêter à

tous les coups.

Grand-papa arrive alors au volant de son auto. Il sourit en nous regardant jouer.

— Bel arrêt! dit-il lorsque j'attrape la balle avec ma mitaine.

— J'ai quelque chose à te demander, grand-papa.

— Quoi donc, Marc?

— Celui que tu as nommé l'autre jour, Jacques Plante… C'était un **gardien de but célèbre?**

Grand-papa sourit.

— Vous avez quelques minutes, les gars?

Mon grand-père est doué pour raconter des histoires et nous nous arrêtons de

jouer pour mieux l'écouter.

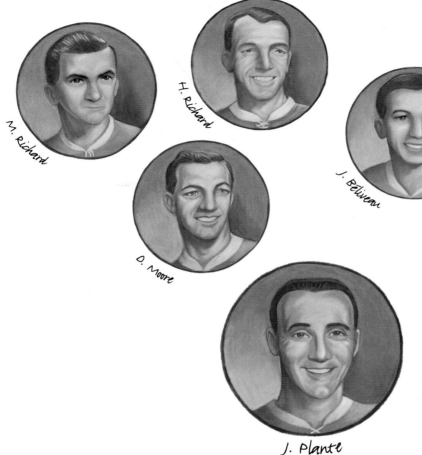

M. Richard

H. Richard

D. Moore

J. Béliveau

D. Harvey

B. Geoffrion

J. Plante

— J'ai grandi à Montréal et j'ai toujours été un partisan du Canadien. À l'époque, l'équipe gagnait la coupe Stanley chaque saison et comptait plusieurs excellents joueurs : Maurice « Rocket » Richard, Henri Richard, Jean Béliveau, Doug Harvey, Bernard Geoffrion et Dickie Moore. Mais mon **idole** était Jacques Plante parce qu'il était gardien de but, comme moi.

Pierre se tourne vers moi.

— On dirait bien que c'est de famille d'être gardien de but, chez vous! dit-il en riant.

— C'est vrai! As-tu suivi la carrière de Jacques Plante de près, grand-papa?

— Et comment! Laissez-moi vous raconter un fait saillant de sa carrière, qui allait devenir un **événement marquant** dans l'histoire du hockey.

Nous écoutons mon grand-père attentivement, suspendus à ses lèvres.

— Je me souviens de cette soirée comme si c'était hier. Je me rappelle même la date :
le **1er novembre 1959**. J'étais en voyage d'affaires à New York et
nous venions de conclure un marché très important. Mon patron était tellement fier
de moi qu'il nous a acheté d'excellents billets pour un match au Madison Square
Garden. Il savait que j'étais un **grand amateur de hockey**
et le Canadien de Montréal était en ville pour jouer contre les Rangers de New York…

...L'atmosphère dans l'aréna était **fantastique**. Il n'y avait que six équipes dans ce temps-là : Montréal, Toronto, New York, Chicago, Détroit et Boston. Les joueurs du Canadien formaient la meilleure équipe. Ils étaient considérés comme des champions quand ils sont venus à New York, parce qu'ils avaient remporté la coupe Stanley quatre années de suite! Ils connaissaient encore un très bon début de saison et avaient perdu seulement deux des douze premiers matches. La foule de New York était donc **survoltée** ; elle espérait que ses Rangers pourraient renverser la vapeur et vaincre les champions de Montréal.

Grand-papa sourit en repensant à cette soirée.

— Mon patron et moi avons **applaudi** tous les joueurs étoiles de Montréal quand ils sont arrivés sur la glace. Mais celui que j'attendais avec le plus d'impatience était Jacques Plante. Quand il a patiné jusqu'au but du Canadien, mon patron s'est tourné vers moi et a dit : « Voilà le Serpent! »

Nous éclatons tous de rire.

— Pourquoi l'appelait-il comme ça? demande Pierre.

C'était un surnom plutôt étrange pour un gardien de but.

— Parce qu'il était extrêmement **rapide** et **agile**, répond grand-papa. Plante pouvait bloquer la rondelle d'un geste vif du gant, de la jambière ou du bâton! Il plongeait constamment dans toutes les directions et se tortillait bizarrement, comme un serpent. Il était prêt à tout pour empêcher la rondelle d'entrer dans le filet! Il avait déjà remporté le trophée Vézina quatre années de suite. À cette époque-là, on le remettait au gardien qui avait accordé **le moins de buts** durant la saison.

— Qu'est-ce qui s'est passé, grand-papa?

— Le match a débuté, mais les ennuis ont bien vite commencé pour le Canadien. Après seulement quelques minutes de jeu en première période, Andy Bathgate, le **joueur-vedette** des Rangers, s'est emparé de la rondelle et a foncé à toute vitesse sur la glace. Il a plissé les yeux et a décoché un puissant tir du revers. La rondelle a monté, monté et Plante n'a pas pu réagir à temps. Il l'a reçue au **beau milieu** du visage. Et il ne portait pas de masque!

Mon grand-père décrit la scène avec enthousiasme, comme s'il y était encore, un peu comme un commentateur.

— **Pas de masque!** Comment pouvait-il jouer sans masque?

— Crois-le ou non, Marc, les joueurs et les gardiens ne portaient pas de casque ni de masque dans ce temps-là. La plupart des entraîneurs craignaient qu'un masque ne gêne la vue du gardien et que celui-ci ne puisse pas voir la rondelle. Bien des gens croyaient aussi que le travail du gardien de but consistait à être **solide** et à faire le nécessaire pour arrêter la rondelle, même si ça voulait dire prendre un tir en pleine figure.

— Mais la rondelle est très dure! dit Denis.

— Alors, qu'est-ce qui s'est passé ensuite, grand-papa?

Nous nous trouvons toujours dans l'entrée du garage, mais, en pensée, nous sommes au Madison Square Garden, en 1959.

— Eh bien, il y avait du sang partout et Jacques Plante a dû quitter la patinoire. Le médecin a recousu la coupure autour de son nez et de sa lèvre à l'aide de sept points de suture. Son visage n'était pas beau à voir. Nous sommes restés debout dans les gradins pendant une vingtaine de minutes à nous demander ce qui allait se passer. La foule s'agitait. Il n'y avait pas de gardien substitut dans ce temps-là. Si Plante ne pouvait pas revenir au jeu, il faudrait que le Canadien trouve un gardien amateur parmi les spectateurs! Mais ça n'a pas été nécessaire. Une fois sa plaie réparée, Plante a dit à son entraîneur qu'il reprendrait son poste seulement s'il pouvait porter un masque.

— Génial! Est-ce que l'entraîneur a accepté?

— Il n'avait pas le choix. C'était Toe Blake, qui était l'entraîneur du Canadien. Il n'approuvait pas le port du masque parce qu'il croyait qu'un masque allait obstruer la vue de son gardien. Mais Plante l'utilisait déjà durant les séances d'entraînement et il y était habitué. L'entraîneur a donc cédé et il a dit à Plante que, tant qu'il arrêterait la rondelle et que l'équipe continuerait à gagner, il pourrait porter son masque. Ce n'était pas un masque aussi beau que ceux d'aujourd'hui. En fait, c'était un modèle assez simple que Plante avait fabriqué lui-même dans de la fibre de verre, mais il était léger et ne gênait pas la vue.

— Est-ce que le Canadien a gagné?

— Les partisans des Rangers ont fait une **ovation debout** à Plante quand il est revenu sur la glace, le chandail tout taché de sang. Il a très bien joué durant le reste de la partie et il a effectué **27 arrêts**. Le Canadien a gagné 3-1...

...Comme vous pouvez l'imaginer, nous avions le sourire aux lèvres quand nous avons quitté le Madison Square Garden. Nous avons parlé de Plante pendant **tout le trajet** de retour à Montréal.

— Est-ce que Jacques Plante a continué à porter son masque? demande Denis.

— Oui, et le Canadien a connu une suite de 19 parties sans défaite. Quelques jours plus tard, au Forum, Plante a même obtenu son **premier blanchissage** en portant le masque, quand son équipe l'a emporté 3-0 contre les Maple Leafs. Cette année-là, le Canadien a encore gagné la coupe Stanley et Plante a reçu le trophée Vézina pour la **cinquième année consécutive**. On l'a surnommé la « Merveille masquée » à cause de son jeu exceptionnel. Peu de temps après, d'autres gardiens de but ont adopté le masque. Personne ne s'inquiétait plus de savoir s'ils voyaient bien la rondelle ou non.

— Tous les gardiens ont un masque aujourd'hui.

— Oui, Marc, et c'est **grâce** à Jacques Plante, dit grand-papa. Et maintenant, les garçons, si vous repreniez l'entraînement?

Ce soir-là, après le souper, je songe encore à cette histoire passionnante que mon grand-père nous a racontée. Nous écoutons **La Soirée du hockey**; le Canadien joue contre les Maple Leafs. Mon père et ma mère sont en haut en train de mettre ma petite sœur au lit; alors je regarde le match avec grand-papa. Il m'a remis un livre que Jacques Plante a écrit sur le jeu du gardien de but, et aussi une carte de hockey qu'il a conservée. Je demande à grand-papa s'il connaît d'autres anecdotes à propos de Plante.

— On se souviendra toujours de Jacques Plante parce qu'il portait le masque, mais il a eu beaucoup **d'autres idées**, tu sais, dit grand-papa au sujet de son joueur favori. Il a changé la façon de garder les buts. Plante a été le premier à quitter son but pour aller récupérer la rondelle et pour signaler des hors-jeu, ce que les gardiens ne faisaient pas avant. Pendant une certaine période, il portait même une **tuque** pour se réchauffer dans les arénas, jusqu'au jour où l'entraîneur lui a demandé de l'enlever.

— On dirait bien qu'il refusait de suivre les règles.

— Non, Marc, dit mon père en entrant dans la pièce. Jacques Plante n'a enfreint aucune règle. Il **croyait** simplement en ce qu'il faisait et il avait confiance en lui. Et regarde à quel point il a rendu le jeu sécuritaire pour tous les gardiens de but. Parfois, ça ne suffit pas de suivre les tendances; il faut donner le ton soi-même. C'est ce que Jacques Plante a fait. Il savait qu'il deviendrait un meilleur gardien en utilisant un masque et qu'il pourrait **aider son équipe** à remporter plus de victoires.

Je réfléchis à ce que mon père m'a dit et je sais qu'il a raison. Les gens comme Jacques Plante ont le COUrage de défendre ce qui leur semble juste. Le lendemain, je dis à mon père :

— Je dois faire comme Jacques Plante et parler à mon entraîneur. En m'exerçant souvent, je pense pouvoir devenir un bien meilleur gardien. Mais il faut qu'il me laisse sortir de la zone de but pour aller chercher la rondelle. Sinon, je ne pourrai jamais m'améliorer.

— C'est une bonne idée, dit mon père. Tu pourrais aussi demander conseil à grand-papa concernant la façon de manier la rondelle. Tu peux apprendre beaucoup avec des personnes d'expérience comme M. Dumont et ton grand-père. Nous t'appuyons, Marc, mais tu dois écouter ce que ton entraîneur te dit. Je peux lui parler, si tu veux.

— Non, je vais le faire moi-même. Exactement comme Jacques Plante l'a fait avec son entraîneur.

Pendant toute la semaine, je m'exerce avec grand-papa dans l'allée, en plus de m'entraîner avec l'équipe. J'apprends à utiliser mon bâton et à placer la rondelle juste au bon endroit pour mes défenseurs. Le prochain match aura lieu dimanche matin et je suis impatient de montrer à mon entraîneur que je peux quitter la zone de but et faire une passe à mes coéquipiers si nécessaire, comme un vrai gardien de but de la Ligue nationale.

Jeudi, pendant la séance d'entraînement, j'explique à M. Dumont tous les exercices que j'ai faits et je lui montre à quel point je me suis **amélioré** pour manier la rondelle. Il a l'air impressionné et me dit que je peux quitter le filet si je me sens sûr de moi. Pour une fois, j'ai vraiment **confiance** en moi.

Le dimanche, toute la famille assiste au match. Je suis constamment en mouvement et je n'hésite pas à me jeter sur la glace pour faire un arrêt. Mais je me relève très vite et je me prépare pour le prochain tir. Je me **tortille** et me **contorsionne** de toutes les façons possibles, et je fais de beaux arrêts en bougeant mes jambières d'un côté et de l'autre. J'aime entendre le **toc** que fait la rondelle en heurtant mes jambières ou en tombant au fond de ma mitaine! Deux ou trois fois, une rondelle sautille vers moi et je sors de la zone de but pour la passer rapidement à un défenseur. Pendant toute la partie, je me répète : « Je suis le Serpent, la Merveille masquée! » Finalement, mon équipe gagne **3-0**.

Mes coéquipiers **m'entourent** après la partie et l'entraîneur m'attend à l'entrée du vestiaire. Il me donne une tape amicale dans le dos.

— Voilà un blanchissage bien mérité, Marc. Tu as joué comme une **étoile!**

— Merci. Est-ce que ça veut dire que vous ne serez plus fâché si je joue à ma façon?

L'entraîneur me regarde attentivement.

— Continue à arrêter la rondelle comme tu l'as fait ce matin et tout ira bien. Mais **n'oublie pas** que tu as encore des choses à apprendre.

Mon grand-père m'aperçoit en train de parler avec l'entraîneur et il lève le pouce en signe de félicitations.

— D'accord, monsieur Dumont, je suis prêt à apprendre.

Et tout à coup, je me sens un peu comme Jacques Plante discutant avec Toe Blake. Peut-être qu'un jour, je vais jouer pour le Canadien de Montréal, moi aussi!

À propos de Jacques Plante

Jacques Plante est né à Shawinigan Falls, au Québec, en 1929. Lorsqu'il était jeune, Plante tricotait ses propres tuques parce que sa mère n'avait pas le temps d'en fabriquer pour tous les membres de sa famille nombreuse; il avait besoin d'une tuque pour se tenir au chaud dans les arénas où il jouait au hockey. Il rêvait de jouer à Montréal un jour. Ses parents n'ayant pas de radio, la seule façon pour Plante d'écouter les matches du Canadien était de grimper sur une commode dans la chambre de sa sœur pour mieux entendre la radio du voisin d'en haut. Il se postait souvent à la sortie des arénas et offrait ses services à toute équipe qui cherchait un gardien de but. Plusieurs ont accepté de lui donner sa chance et c'est ainsi que sa carrière de gardien de but a démarré.

Le rêve de Plante s'est réalisé en 1952 lorsqu'il a amorcé une carrière dans la Ligue nationale avec le Canadien de Montréal. Il est devenu le gardien de but numéro un de l'équipe, au cours de la saison 1954-55. Plante a mené le Canadien à la conquête de la coupe Stanley pendant cinq années consécutives, de 1956 à 1960. Durant cette même période, il a aussi remporté à cinq reprises le trophée Vézina remis au gardien ayant accordé le moins de buts. En 1961-62, il a été proclamé joueur le plus utile à son équipe, décrochant le trophée Hart en plus du trophée Vézina. Il a partagé un autre trophée Vézina avec Glenn Hall en 1968-69, alors que les deux gardiens jouaient pour les Blues de Saint-Louis.

Jacques Plante s'est joint aux Maple Leafs de Toronto de 1970 à 1973, et il a obtenu la meilleure moyenne des gardiens de but de la LNH en 1970-71, soit 1,88. Au cours de sa longue carrière, il a aussi joué pour les Rangers de New York, les Bruins de Boston et les Oilers d'Edmonton (lorsque l'équipe faisait partie de l'Association mondiale de hockey). Dans la LNH, il a inscrit 435 victoires et 82 blanchissages en saison régulière, et 71 victoires et 14 blanchissages en séries éliminatoires. Grâce à son esprit innovateur, on se souviendra de Jacques Plante comme l'un des gardiens de but ayant le plus marqué l'histoire de la LNH. Il a été élu au Temple de la renommée du hockey en 1978 et il est mort en 1986, à l'âge de 57 ans.